BEA Y GUILLE

BEA NO QUIERE SER LA MAYOR

María Menéndez-Ponte · Emilio Urberuaga

BEA

Yo soy Bea, la magnífica,
la única, la mejor.
Tengo seis años
y mi vida era perfecta.
Hasta que apareció Guille.
Ahora es diferente.
No sé si mejor o peor,
juzgadlo vosotros.

GUILLE

Y este, pues es Guille.
El entrometido.
El "perfecto".
El pequeño de la casa.
El mimado...
Bueno, mi hermano.

El responsable de que yo haya dejado
de ser la mimada, la pequeña...

Me llamo Bea, no Beatriz.
Así solo me llama mi madre
cuando se enfada conmigo,
por eso no me gusta.

Pero mi abuelo me llama
Cinco Pecas para hacerme rabiar.
–¡Abuelo, te he dicho mil veces
  que me llamo Bea!
–Jajaja –se ríe él–. Esta niña tiene carácter.

–Y si un día me salen más pecas, ¿qué?
–Entonces te llamaré Seis Pecas
   o Siete Pecas. Jajaja.

Por eso me las cuento todas las mañanas.
Porque no me gusta que me estén
cambiando el nombre.

Tampoco me gusta que la gente diga que
Guille y yo no parecemos hermanos. ¡Grrr!

–Pues lo somos –respondo, muy seria.
¡Con eso no se bromea!

En cambio, a Guille le da igual
y les sonríe.
Entonces siento que
me ha traicionado.
En ese momento me gustaría
que no fuera mi hermano.

En verdad hay muchos momentos así.
Cuando me rompe algún juguete.
Cuando me chincha.
Cuando me la cargo por su culpa...

–¡Pues os lo regalo! –exploto.

Y noto que se me ha puesto la misma
cara que la de la bruja de Hansel y Gretel
cuando los encierra en la casita
de chocolate.

–¡Pero cómo dices eso! ¡Con lo mono
  que es! –se escandalizan.
Siento una rabia que no para de crecer.
Es una remolacha gigante.

–Pero no es mi hermano –digo.
–No digas cosas tan horribles, Beatriz
  –me regaña mamá–. ¡Con lo mucho
  que te quiere!

Me siento como un monstruo horripilante.

–Sí que soy tu hermano –dice Guille,
   pegándose a mí.

¡A buenas horas! ¡Menudo traidor!

–Pues también lo dijeron ellos y no te
   enfadaste. –Los señalo.

–Ellos dijeron que no os parecíais.

–¿Y acaso no es lo mismo?

Mamá se despide de ellos, avergonzada.
Está indignada conmigo.

–¿Por qué Bea no quiere ser mi hermana?
–pregunta Guille, con su mejor
cara de angelito.

–Porque siempre me estás fastidiando,
  por eso.

Me siento un monstruo de color
remolacha de dos cabezas.
Una quiere que la perdonen.
Y la otra, seguir diciendo cosas horribles.

Guille se pone a hacer pucheros falsos.
Ni siquiera le salen las lágrimas.
–¡Pobrecito, lo estás haciendo llorar!

Mamá lo abraza.

Entonces Guille se echa a berrear
con lágrimas de cocodrilo.
–¡No quiero que Bea me regale!
  ¡No quiero que Bea me regale!...

–Parece mentira, Bea. Tú que eres
  la mayor... –dice mamá.
–¡Pues no quiero ser la mayor!
  ¡¡¡Estoy harta de serlo!!! Yo no lo pedí.

–De acuerdo –dice mamá–. Desde hoy
 Guille será el mayor.
La remolacha se pone a dar vueltas
como una peonza.
¿Cómo? ¿Guille, el mayor?

Quiero protestar, pero no me salen
las palabras.
Porque fui yo quien dijo que no quería
ser la mayor.
Pero tampoco dije que lo fuera Guille.
¡Grrr!

Guille se pone a dar saltos de contento.
–¡¡¡Bieeen, soy el mayor!!! Ahora decido
yo los juegos. Y me pido ser el profe.
Y voy a ser el que manda...

De pronto me doy cuenta de las ventajas
que tiene ser la mayor. ¡Grrr!
La remolacha está a punto de explotar.

En casa, Guille quiere jugar a los jinetes.
Pero yo cojo un cuento y me pongo a leer.
–¿Me lo lees? –dice, sentándose
  a mi lado.

–¿No eres el mayor? Pues léelo tú.
–Es que no me gusta ser el mayor.
  Quiero que seas tú.
El monstruo remolacha desaparece al fin.
¡Qué alivio!

–Vaaale, te lo leo.

–¿Y ya no me quieres regalar?

–¿Cómo te voy a regalar si eres mi
hermanito y te quiero un montón?

Lo cojo en brazos y le doy montones
de besos.
¡Por fin vuelvo a ser la hermana mayor!

¡Yupiii!

María Menéndez-Ponte

Nació en La Coruña. Comenzó la carrera de Derecho en la Universidad de Santiago de Compostela. Antes de terminarla se casó, tuvo su primer hijo y se mudó con su familia a Nueva York, donde vivió durante cinco años y se licenció en la Universidad Nacional de Educación a Distancia. Después se fue a vivir a Madrid, donde se licenció además en Filología Hispánica. En la década de los noventa comenzó su labor de escritora, tanto de novelas como de cuentos y relatos cortos, fundamentalmente orientados a la literatura infantil y juvenil. Muchos de sus libros son grandes éxitos de ventas, como *Nunca seré tu héroe*, por el que obtuvo el Libro de Oro en el 2006 al superar los 100.000 ejemplares vendidos, y que en la actualidad cuenta con más de cuarenta ediciones en distintas colecciones. Y lo mismo ocurre con los libros de Pupi, un personaje muy querido entre los niños que tiene varias colecciones. También ha trabajado en numerosos libros de texto, proyectos musicales, guiones y artículos para la revista *Padres y Maestros* y el periódico *Escuela*.

Emilio Urberuaga

Por lo que se intuye en el autorretrato, Emilio Urberuaga no nació hace cuatro días. Aunque este hecho tampoco es importante. Lo que sí se sabe es que es madrileño. De nacimiento y porque vive en esta ciudad. Y parece que le gusta. O se ha acostumbrado, que viene a ser lo mismo. Entró en el mundo laboral en una profesión muy diferente y tuvo la valentía (o la insensatez) de abandonarla para dedicarse a la ilustración. No sabemos qué opinaron en su casa, pero sí sabemos lo que ganó el mundo del libro. Ha colaborado con muchos escritores y escritoras, y de esas colaboraciones han nacido personajes tan entrañables como Manolito Gafotas, Gilda, la oveja gigante o, ahora, Bea y Guille. El mayor premio que ha recibido es dibujar cada día en su estudio madrileño.

Primera edición: mayo de 2017

Diseño y maquetación: Edu Simmoneau
Edición: David Monserrat
Dirección editorial: Iolanda Batallé Prats

Casa Catedral®
Josep Pla, 95 – 08019 Barcelona
www.lagalera.com / lagalera@lagaleraeditorial.com
facebook.com/editoriallagalera / twitter.com/editorialgalera

Impreso en Egedsa
Depósito legal: B-6.074-2017
Impreso en la UE
ISBN: 978-84- 246-6065- 9